AF467298

LE CAPITAINE

ERNEST RENAUD

ET

L'INCENDIE DU STEAMER L'AUSTRIA;

PAR

Armand GUÉRAUD,

Correspondant du Ministère de l'Instruction publique,
de la Société des Antiquaires de France, etc.

NANTES,

And GUÉRAUD ET Cie, IMPRIMERIE-LIBRAIRIE-LITHOGRAPHIE

QUAI CASSARD, 5, PRÈS LE PONT D'ORLÉANS.

—

1860.

A M. Ernest Renaud, capitaine du Maurice, *de Nantes.*

MON CHER ERNEST,

En te dédiant ce recueil de pièces, je crois remplir un devoir d'amitié. J'étais loin de penser, quand nous faisions nos études au collége, que je serais appelé un jour à consacrer par mes presses le souvenir de ton admirable conduite. Que dis-je? Cette publication n'ajoutera rien à ta renommée, car elle n'est faite que pour la famille. Ton nom appartient désormais à l'histoire. Non-seulement plusieurs puissances, la France, l'Angleterre, la Prusse, le duché de Hesse, Hambourg, New-York, se sont empressés de t'adresser des témoignages de leur admiration, mais soixante-sept familles dispersées sur le globe, ainsi que tous les gens de cœur auxquels ton nom est parvenu, te bénissent et font des vœux pour ton bonheur!

Oui, mon cher Ernest, j'aime à me rappeler les longs jours que nous passions ensemble, nos bonnes promenades dans les pittoresques coteaux de la Davière (1), à Vieillevigne et aux environs. Ce temps est déjà loin; et si depuis que tu

(1) Achard-Philippe-Ernest Renaud est né, le 3 août 1824, à la Davière, commune de Saint-Julien-des-Landes (Vendée), et a été reçu capitaine au long cours le 4 septembre 1854.

navigues (12 juillet 1846), je n'ai pu te suivre que par la pensée dans tes voyages de l'Inde, du Brésil, des Antilles, de la Méditerranée et de Terre-Neuve, je n'oublie pas que tu n'es jamais rentré en France sans venir me serrer affectueusement la main. En naviguant toujours pour la maison Ernest Leboterf et Charles Greslé, de Nantes, sauf pendant les quarante mois que tu as passés au service de l'État, tu as su te concilier l'estime de tes armateurs et de tous ceux avec lesquels tu as eu des relations.

Avec quel plaisir je t'ai revu à ton retour à Nantes l'année dernière [1]! et comme je t'écoutais raconter, dans ta simplicité de matelot, cet horrible incendie de l'*Austria*, le sauvetage de tes 67 personnes, et les soins que tu leur as prodigués! — Que sont devenus les officiers de l'*Austria?* Et M. Richard de Dunfeld, cet ingénieur des mines, qui se rendait de Hambourg à Valparaiso? et M. Th. Eisfeld, le directeur de la Société philharmonique de New-York? et les professeurs de cette même ville qui venaient de passer leurs vacances en Europe? Et ces deux jeunes Bohémiennes qui devaient retourner en Allemagne, ont-elles chanté, comme elles le disaient, les malheurs de l'*Austria*, y compris les leurs? Et les autres? .... En parcourant l'univers, tu rencontreras peut-être un jour quelques-uns de ces infortunés qui te doivent le reste de leur existence, et alors je te vois d'ici pleurer de joie avec eux!

Tu ne peux t'imaginer combien tu m'impressionnais vivement, quand tu prenais avec tant de chaleur la défense de ce malheureux Heitmann. « Si des journaux ont accusé ce « capitaine, disais-tu, c'est à tort; car il n'est pas possible

(1) Parti le 19 septembre 1858 de Fayal, pour l'île de la Réunion, Ernest Renaud y arriva le 18 décembre suivant. De là, il fit voile pour France, et entra dans le port de Saint-Nazaire le 11 avril 1859.

« que la Compagnie hambourg-américaine des packets ait « confié un commandement aussi important que celui de « l'*Austria* à un homme dont la capacité eût été douteuse. « Oui, je suis certain, et je n'avance ce fait qu'après avoir « longuement causé avec des passagers de l'*Austria* sérieux, « dignes de foi, que le capitaine Heitmann ne s'est jeté à la « mer qu'en voyant inutiles tous ses efforts pour arrêter « l'esprit d'insubordination et de révolte qui se déclara en « même temps que l'incendie. Ce refus d'obéissance aux « ordres d'un homme expérimenté aida avec une incroyable « rapidité au développement du feu, qui envahit avec la « vivacité de l'éclair tout l'ensemble du steamer. Soit par « accident, soit qu'il ait cru tout perdu, le brave capitaine « se précipita dans les flots; et aujourd'hui qu'il n'est plus « là pour se disculper, est-il digne de lui jeter le blâme, « comme l'ont fait certains de ses passagers, qui ont cherché « par là à se justifier, quand eux-mêmes ont à se reprocher « d'avoir aggravé le mal en n'écoutant pas ses ordres. »

Oui, mon cher Ernest, ce sont bien là les paroles de l'homme bon et généreux, et tu mérites à tous égards les éloges que la presse t'a prodigués (1).

J'écris ces lignes en ton absence, et je publie les pièces qui te concernent avec quelques annotations, grâce à l'obligeance de ta mère et de ta sœur, qui ont bien voulu me communiquer

---

(1) Le *Moniteur universel*, divers autres journaux, et particulièrement ceux de Nantes ont publié des relations de l'incendie de l'*Austria* et du sauvetage opéré par le capitaine Renaud et son équipage. La peinture même a représenté le sinistre, et voici, à ce sujet, une note extraite de l'*Union bretonne* du 3 décembre 1858 :

« On voit depuis quelques jours, à la vitrine d'exposition d'Alphonse Giroux, à Paris, une toile d'assez vaste dimension représentant l'effroyable catastrophe de l'incendie de l'*Austria*. Ce tableau, d'un effet saisissant et dramatique, a été peint par M. Tanneur avec autant de talent que d'énergie.

« La scène se déroule sous un ciel gris. A l'horizon seulement un peu de lumière blafarde se glisse à travers des nuages épais. Au milieu du tableau, l'*Austria* présente

les lettres originales et tous les renseignements qui m'étaient nécessaires. C'est à juste titre qu'elles sont fières, ainsi que toute ta famille, des nombreuses marques d'approbation et de sympathie dont vous avez été honorés, toi et ton équipage. Mais la satisfaction d'avoir fait une bonne action est encore pour toi, j'en suis sûr, la plus douce des jouissances. Conserve toujours cette simplicité qui te distingue, et qui t'a permis, à ton retour en France, de te voir tout à coup une réputation sans en éprouver d'orgueil, mais non sans en ressentir une profonde émotion, causée plus par le souvenir du désastre que par les honneurs dont tu avais été l'objet.

Telles sont les récompenses que ton excellent cœur a su mériter en n'écoutant, au moment du danger, que la voix de l'humanité, et en ajoutant à la spontanéité du dévouement, la constance la plus désintéressée et la fermeté la plus loyale et la plus soutenue, preuves irrécusables de toute la noblesse de ton caractère. Puisse Dieu te tenir compte de ce grand acte et t'accorder les félicités dont tu es digne!

A^nd^ Guéraud.

Nantes, le 24 avril 1860.

---

un immense brasier projetant ses rouges et sinistres lueurs sur le ciel, sur la mer, sur les différents épisodes de cet épouvantable événement.

« Par le travers du bâtiment incendié est le *Maurice*, capitaine Renaud, du port de Nantes, qui porta un si généreux secours aux victimes. Sur le premier plan, les matelots de ses barques arrachent à la mort les victimes du feu et de la mer.

« Deux ou trois voiles apparaissent autour de cette horrible tragédie, mais on sait qu'elles ne s'arrêteront pas. Ceux que portent ces bâtiments continueront leur route sans penser que leur défaut de dévouement va causer la mort des infortunés qui tendent vers eux leurs mains suppliantes et désespérées. »

LE CAPITAINE E. RENAUD

ET L'INCENDIE DE L'*AUSTRIA*.

Rapport de mer du capitaine Ernest Renaud (1).

Je suis parti de Saint-Nazaire le 3 juillet 1858, faisant route pour Terre-Neuve, muni de tout ce qui est nécessaire à un voyage de long cours, et ayant à bord un lest de pierres. Je suis ancré le 4 août 1858, à dix heures du matin, au lieu de ma destination, pour effectuer mon affrétement.

Après avoir pris un chargement de poissons secs en boucauts, je suis parti le 8 septembre, à cinq heures du soir, pour me rendre à la Réunion. J'ai eu des vents favorables, qui m'ont conduit, le 13 septembre 1858, par les 45° 06 lat. nord et 44° 01' long. ouest. A deux heures de l'après-midi, nous eûmes connaissance d'un bateau à vapeur devant nous; à deux heures et demie, nous ne vîmes que des flammes. J'ai dirigé ma route sur lui, et nous n'étions pas à un mille du navire incendié, que nous commencions à sauver des malheureux qui s'étaient attachés sur des débris de la mâture, qui en tombant était presque brûlée en totalité. Nous fîmes divers sauvetages en continuant notre route sur le vapeur, qui n'était plus qu'un seul brasier, de l'avant à l'arrière. Quand ma position me permit de mettre en travers sans crainte pour mon navire et l'équipage, j'expédiai les

---

(1) Son équipage se composait comme suit :

I. Nivert, des Sables-d'Olonne, 2e capitaine;
Ferdinand Bertaut, créole de l'île de la Réunion, lieutenant;
Gendron, de Pornic, maître voilier;
Bessac, de Trentemoult, maître charpentier;
Mauvillain, de Pornic, matelot;
Hamon, de Saint-Malo, matelot;
Valet, de la Basse-Indre, matelot;
Carou, de Pornic, cuisinier;
Chauvet, de la Chaume, près les Sables-d'Olonne, novice;
Ridez, de Napoléonville, novice;
Pierre Legrand, de l'île de Brehat, mousse.

deux embarcations du navire au secours de ces malheureux, qui nous tendaient les bras avec des cris déchirants.

Ici, je transcris les rapports de mes deux officiers, MM. Nivert, second du *Maurice*, et Bertaut, lieutenant, qui commandaient chacun une embarcation de sauvetage, et dont la conduite est au-dessus de tout éloge. Ces messieurs m'ont dit que, depuis l'avant jusqu'à l'arrière, le navire était en feu et les malheureux n'avaient aucun refuge : sur le beaupré il y avait au moins 300 personnes ; le long du bord, au moins 150 à 200, toutes pendues à des cordes fixées aux lisses du navire. Quelquefois il y en avait 20 ou 30 à la même corde ; le feu intérieur la brûlait, et tous ces infortunés disparaissaient, sans que l'on pût leur porter secours : on ne les voyait plus sur l'eau qu'après leur mort. Nous en avons vu périr ainsi 250 à 300 !

Enfin, par leur activité, ces messieurs, après quatre voyages aller et retour, ont pu conduire 45 malheureux, à qui l'on a prodigué les premiers soins. A neuf heures du soir, un canot du vapeur a accosté le long du bord, coulant bas d'eau, et 20 malheureux sont encore sauvés. Enfin, il faisait tout à fait nuit quand la dernière embarcation du bord, commandée par monsieur Bertaut, est arrivée : il était neuf heures du soir, il n'avait pu sauver que deux personnes ; il m'a dit que voyant la perspective d'une nuit horrible, ces malheureux se jetaient à la mer et ne reparaissaient que cadavres ; enfin, il était au plus triste spectacle, les avirons de son embarcation ne fendaient l'eau qu'en dérangeant les cadavres !

A son retour à bord, ne voulant pas exposer inutilement les hommes, et la mer étant déjà grosse, je me suis tenu à petite toile à faible distance du navire, afin de m'assurer, le lendemain au jour, s'il n'y avait pas d'autres victimes à sauver ; mais, le matin, un navire norwégien était sur les lieux avant moi, et quand j'ai rangé le bord du navire, il n'y avait plus personne. J'ignore si ce navire a sauvé du monde, n'ayant pas communiqué avec lui, ni par le télégraphe ni par paroles (1).

J'ai dit que la conduite de mes deux officiers était au-dessus de tout éloge ; j'ai aussi à signaler tout mon équipage, surtout les nommés Hamon, Gendron et Mauvillain, qui tous ont rivalisé de zèle afin d'arracher le plus de victimes à l'Océan.

---

(1) Voir la note de la page 17.

Mais, à côté des éloges, il est pénible de signaler des faits honteux pour le corps des marins et pour l'humanité. Au moment où j'étais en panne à effectuer le sauvetage, trois navires ont passé en vue. Je distinguais leur bois, et par conséquent les capitaines commandant ces navires devaient bien voir la mission que j'accomplissais dans le moment, qui était aussi la leur. Ces messieurs, dis-je, se sont éloignés du sinistre sans seulement songer que leurs semblables réclamaient leurs secours. J'aime à espérer que ce ne sont pas des Français, n'ayant pas vu leurs couleurs.

Enfin, aujourd'hui 14 septembre 1858, j'ai à bord soixante-sept passagers naufragés, dont plusieurs sont bien malades, quoique les plus prompts secours leur aient été donnés par tout le monde; car l'équipage a vidé ses coffres pour vêtir ces infortunés.

A la suite d'un tel événement, je me vois forcé de relâcher à la terre la plus voisine. Je me dirige sur les îles Açores; soit Flores ou Fayal, ces deux points se trouvant à peu près sur ma route.

Ainsi donc, aujourd'hui 14 septembre, à neuf heures du matin, après m'être assuré qu'il n'y avait plus personne à sauver autour du navire, je dirige ma route sur les Açores. Dieu veuille m'y conduire et compléter l'œuvre de salut que j'ai commencée.

Le navire à vapeur incendié s'appelle l'*Austria*, capitaine Heitmann, appartenant à la Compagnie hambourg-américaine des packets. Il y avait à bord 550 personnes, tant équipage que passagers, et en admettant que le navire norvégien n'ait trouvé personne, il restait donc 483 personnes victimes de cet affreux événement. Ce soir, 14 septembre 1858, j'ai rencontré un navire anglais, le *Lotus*, allant d'Europe à Halifax; il m'a pris 12 passagers, dont voici les noms : Charles Tras; Jean-Pole Krowska; Fritz Thompson; Philippe Berry; Hermann Rondet; Iwen Peterson; Clauss Hogguist; Charles Wersfin; Henry Smith; John Cox; F. Glaubensklee; A. Wézin.

Il était quatre heures du soir quand nous les avons changés de bord; à quatre heures et demie, je faisais route pour les Açores.

Aujourd'hui, 15 septembre, la position des malades semble meilleure; mais les plaies causées par les brûlures sont tellement fortes, que les faibles ressources du bord ne sont guère suffisantes pour les guérir : si seulement on peut arriver à temps pour que l'homme de l'art puisse les arracher à cette nouvelle mort qui les menace! La ration a été distribuée à tout le monde avec ordre; tout est tranquille à bord, et les vents sont favorables.

2

Le 16 septembre, rien n'est changé dans notre position; seulement, le vent nous est contraire.

D'après le premier officier, le capitaine, voyant tout perdu, se serait jeté de suite à la mer, où il a trouvé la mort.

Aujourd'hui, 17 septembre, les vents sont variables de l'E. à l'E.-S.-E. Je ne suis qu'à 35 lieues de Flores. S'il était possible d'y arriver demain, ce serait fort bon pour les malades, dont l'état réclame des soins bien plus minutieux que ceux que je puis leur donner.

Aujourd'hui, 18 septembre, je suis en face de Flores; mais les vents contraires m'empêchent d'y mouiller; je fais route sur Fayal, à deux heures de l'après-midi.

Aujourd'hui, 19 septembre, je mouille sur la rade de Horta, à neuf heures du matin. Tout est bien à bord.

Heurta, le 19 septembre 1858.

E. Renaud.

Nous soussignés, certifions que le procès-verbal ci-dessus est l'exacte vérité.

I. Nivert, 2e capitaine; F. Bertaut, lieutenant.

L. Hahn, 1er lieutenant de l'*Austria*;
B.-W. Heitmann, 2e lieutenant;
J.-C. Bernitt, 3e lieutenant.

Lettre a MM. Leboterf et Greslé, armateurs.

Messieurs,

La double copie de mon journal timbré vous fera connaître pourquoi je suis en relâche aux Açores; il était impossible que je puisse faire autrement : les îles de Flores ou Fayal m'ont plu de préférence pour ma relâche, vu que c'est presque sur ma route. Enfin, au moment où je vous commence ma lettre, je suis à vingt-cinq lieues de Flores, et demain je pense mettre à terre les malheureux dont vous avez les noms sur mon rapport; il y en a six qu'il est temps que le chirurgien soigne, car leurs plaies sont tellement vives et grandes qu'il m'est impossible, avec les moyens du bord, de les panser convenablement, quoique j'y passe le matin de six à neuf heures et le soir de six à neuf. Je vous assure que quand j'ai fini, j'ai le cœur bien gros de voir de telles souffrances; il en est un surtout dont le corps ne fait qu'une seule brûlure, je ne puis comprendre comment il a pu nager jusqu'aux embarcations. Je ne compte rester à Flores ou Fayal que le temps de mettre ces malheureux à terre, et partir tout de suite pour ma destination.

Aujourd'hui, 17 septembre, je passe devant Flores; mais les vents contraires m'ont fait tomber sous le vent de cette île, j'en suis à 40 milles environ; je juge que je serai plutôt paré de me rendre à Fayal, ayant bon vent, que de louvoyer pour atteindre Flores, il me faudrait même plus de temps à louvoyer; ainsi donc demain 19 courant je pense y être de bonne heure.

Nous sommes le 19 septembre 1858. Je suis chez le consul à Fayal depuis 9 heures du matin. Je pense pouvoir reprendre la mer ce soir ou cette nuit : comme nous sommes au dimanche, il y a un peu de difficulté; mais le consul semble s'occuper, de sorte que je pourrai partir.

Veuillez, je vous prie, réparer un oubli de mon rapport; c'est de faire signaler dans les journaux qu'on aurait à se défier de ce navire *Austria,* qui restera longtemps sur l'eau comme un écueil dangereux.

Je me presse, car je veux appareiller ce soir. Tous les naufragés sont à terre, et j'en suis bien content, car il y a eu des difficultés sans nombre. On a été sur le point de me les laisser : du reste, ce sera le sujet d'un rapport que je compte adresser au ministère.

Recevez, etc.

E. Renaud.

A Son Excellence Monsieur le Ministre de la Marine, à Paris.

Monsieur le Ministre,

Les détails donnés par mon Journal timbré (1) sur l'affreuse catastrophe de l'*Austria,* ne sont pas sans quelques lacunes, ayant écrit sous l'impression du moment. Pardonnez-moi, Monsieur le Ministre, de mettre de nouveau sous vos yeux un si déchirant tableau; mais il est important qu'un semblable événement soit vu par tous tel qu'il s'est accompli. Comme je l'ai dit dans mon rapport, le 13 septembre

---

(1) La pièce précédente est extraite de ce journal.

1858, à 2 heures de l'après-midi, nous vîmes un bateau à vapeur devant nous. De 2 h. $^1/_2$ à 3 h., nous nous aperçûmes qu'il était en flammes. Nous en étions alors éloignés d'environ huit milles. Je fis manœuvrer pour l'accoster, et, à 5 h. $^1/_2$, nous commencions à recueillir des naufragés sur les débris épars du navire : nous en avions sauvé 10 ou 12, tout en continuant de nous diriger sur le navire. Enfin, je me suis mis en panne, en hissant nos couleurs nationales à la corne. C'est alors que notre pavillon fut salué d'un cri déchirant, cri d'espoir poussé par 600 personnes, dont si peu devaient survivre à ce drame terrible.

Maintenant, les expressions manquent pour vous peindre les scènes déchirantes que nous avions sous les yeux : au moment où mes deux embarcations accostèrent l'*Austria*, une foule de ces malheureux, malgré les recommandations de mes officiers, se jetèrent à l'eau, et, pour la majeure partie, trouvèrent la mort dans les flots. Beaucoup de cadavres flottaient déjà sur l'eau; ce spectacle était effrayant : une mère, s'attachant ses trois petits enfants autour d'elle, se jette à l'eau pour se noyer avec eux. Nous sauvons la mère seule, et elle pleure aujourd'hui ses enfants, dont elle avait voulu partager le sort. Un père disparaît aux yeux de son fils sauvé dans le canot, au moment où il allait arriver au but de ses efforts. Une jeune personne de dix-neuf ans disparaît au moment où, du canot, son frère et sa sœur lui tendaient les mains. Partout semblables scènes de douleur, partout des cris d'appel, de rage, de désespoir, joints aux cris arrachés par les plus horribles souffrances; mais l'œuvre de destruction allait tellement vite, qu'après un voyage à l'*Austria*, les embarcations, empêchées par les cadavres, ne purent l'accoster qu'à deux longueurs de canot. Beaucoup de naufragés sont à bord, presque nus et le corps couvert de brûlures. Un enfant de huit ans parvient, au milieu de cet affreux désordre, à se soutenir sur les flots en se traînant de cadavre en cadavre, et à rejoindre ainsi l'embarcation de salut.

Ces malheureux étaient presque tous suspendus le long du bord, à des cordes fixées aux lisses du navire, quelquefois 20 ou 30 à la même corde; quand le feu intérieur la brûlait, ils disparaissaient tous, pour ne reparaître que noyés. Sur le beaupré une scène navrante se passait : au moins 200 personnes s'y trouvaient réfugiées; le beaupré était un tube de tôle, et, le navire se trouvant évité l'arrière au vent, la flamme s'engouffrait dans ce tube, qui devint rouge.

Les premiers dessous sont morts calcinés, garantissant la seconde couche humaine, qui elle-même était léchée par la flamme, qui la couvrait en forme de dôme. Mais le plus horrible, c'était de voir des malheureux renfermés dans leurs cabines, et ayant trouvé tout passage pour fuir intercepté; ils venaient chercher de l'air aux hubelots du faux-pont, nous demandant un secours impossible et se disputant entre eux une place qui ne devait leur donner qu'une minute de plus d'existence.

Comme vous pouvez le voir, Monsieur le Ministre, le feu avait fait de si rapides progrès en si peu de temps, qu'il aurait fallu, pour sauver beaucoup de monde, une grande quantité d'embarcations; et les miennes ne contenaient que sept ou huit personnes, étant bien chargées, vu l'état de la mer. C'était un bien petit nombre, comparativement aux 600 personnes à sauver; puis le temps perdu d'aller, de venir, de hisser tous ces infortunés à bord, car ils étaient incapables d'y monter eux-mêmes. Quoi qu'il en soit, mon second, M. Nivert, montant mon petit canot avec le seul matelot Gendron, a ramené à bord 29 personnes. M. Bertaut, montant ma yole avec les matelots Hamon et Mauvillain, en a ramené 19. Quarante-sept personnes furent donc successivement ramenées à bord par ces messieurs, dont la conduite, comme je l'ai dit dans mon rapport, est au-dessus de tout éloge, ainsi que celle des trois matelots que j'ai nommés plus haut. A sept heures, une embarcation de l'*Austria* m'aborde avec 20 personnes, qui se joignent aux autres : enfin, à neuf heures du soir, ma dernière embarcation arrivait du navire en feu. J'avais alors à bord 67 naufragés; l'équipage avait vidé ses coffres pour les vêtir tous, et nous leur donnions les premiers soins.

Monsieur le Ministre, j'ai signalé un fait bien triste : trois navires ont passé en vue pendant que j'opérais mon sauvetage; je distinguais leur bois, et les équipages devaient voir parfaitement la mission que j'accomplissais; mais ils se sont éloignés sans venir me seconder. J'aime à croire que ce ne sont pas des Français, n'ayant pas vu leur couleur. Ne devant pas abandonner le lieu du sinistre sans avoir essayé un nouveau sauvetage, j'ai louvoyé toute la nuit pour rejoindre l'*Austria*, de manière à me trouver au jour près de lui, tout en conservant mes feux de position pour encourager les naufragés et leur faire voir que je ne les abandonnais pas. Au petit point du jour, j'aperçus un navire norwégien près de l'*Austria* : le canot de ce navire en faisait le tour, et n'avait point de naufragés à bord. J'ai hêlé du canot, mais on ne m'a pas répondu. Enfin, voyant qu'il n'y avait plus personne à sauver, j'ai dirigé ma route sur Fayal, pour déposer mes passagers. Le soir, à 4 h., j'ai mis 12 naufragés sur le trois-mâts anglais le *Lotus*, allant de Londres à Halifax.

Je repris ensuite ma route pour Fayal, tâchant, par les soins les plus assidus, de conserver les malades, dont le corps ne faisait qu'une plaie; mais les moyens du bord sont bien faibles dans de telles circonstances.

Je suis arrivé le 19 septembre 1858 à Horta, île de Fayal des Açores : à 9 heures du matin, tout allait bien à bord; seulement, les blessés avaient besoin d'un médecin, pour leur donner des soins plus efficaces que les miens. J'ai éprouvé quelques difficultés de la part des divers consuls de Fayal. Je me plais à reconnaître d'abord la manière affable avec laquelle ces messieurs m'ont reçu; mais ici n'est pas la question. Le consul de France ne pouvait se charger des naufragés sans les ordres du consul général de Lisbonne, et je ne pouvais attendre un mois à Fayal. Les consuls de Hambourg et d'Amérique m'alléguaient que c'étaient des frais qui ne leur seraient remboursés que par la Compagnie, et que si elle venait à manquer, c'était pour eux de l'argent perdu; par conséquent, ils ne pouvaient se charger de mes passagers. Le consul anglais n'avait pas parmi eux de ses compatriotes. Alors, ces messieurs me proposèrent de les jeter avec mes embarcations sur le pavé d'Horta, prétendant que la charité des habitants ne les laisserait pas périr de faim. Vous comprenez, Monsieur le Ministre, que s'il en était ainsi, à quoi serviraient les consuls aux colonies? Représentants des diverses nations, ils doivent protéger dans toutes circonstances leurs concitoyens dans le malheur, surtout dans la position de ceux que j'avais à bord. Je refusai nettement, ne voulant pas débarquer mes passagers sans leur assurer un protecteur. Enfin, Monsieur le Ministre, n'obtenant pas de décision ni pour ni contre, je me déterminai à repartir pour les conduire en France, bien que ma destination fût l'île de la Réunion. Alors, ces messieurs, voyant que j'étais parfaitement décidé à partir, envoyèrent prendre les naufragés : il était 2 heures du soir. Je pus encore m'expédier, et partir à 7 heures pour ma destination.

A St-Denis, île de la Réunion, le 29 décembre 1858.

E. Renaud.

Lettre a Mlle Clara Renaud, aujourd'hui Mme Dejoie.

Ma bonne soeur,

Je suis en mer au moment où je te commence cette lettre, qui probablement vous fera verser bien des larmes. Oh! ma bonne sœur, je viens de voir le drame le plus terrible que l'homme puisse imaginer, atroce vérité de ce que nous sommes sur ce misérable globe; car, dans cet instant, je suis entouré d'hommes, de femmes, qui seraient nus, si moi et l'équipage n'avions donné tous nos effets pour les couvrir. Mais il faut prendre les choses de plus haut, l'incohérence de ma lettre est bien excusable : l'émotion, la responsabilité qui pèse sur moi, tout y contribue. Cependant, ma sœur, je suis heureux, je te le jure : je n'avais jamais ressenti un bonheur si vif, mêlé d'un fiel bien amer; car il doit toujours y avoir un revers à la médaille la plus brillante.

Je suis parti du Grand-Bréhat le 8 septembre, comme je te l'écris par le *Léonidas,* faisant voile pour France le même jour que moi. Favorisé par un bon vent, je me rendis, le 13 septembre, par 44° 01' long. ouest, et par 45° 06' latit. nord. Le temps était magnifique, lorsqu'à deux heures après-midi, on me dit voir devant un bateau à vapeur. A deux heures et demie, je le reconnus; à trois heures, je vis distinctement que ce navire était la proie des flammes : le feu le prenait de l'avant à l'arrière, la mâture était brûlée, et il n'en restait pas vestige. Je fis route sur ce navire, espérant sauver ceux qui ne l'auraient pas abandonné. Oh! ma bonne sœur, comment te dire tout ce qui va suivre, mes émotions, tout enfin; c'est impossible!

Je n'étais pas à une demi-lieue du navire, que je recueillais déjà à bord des malheureux tout nus, amarrés sur des débris encore fumants, et qui m'arrivaient à bord presque tout brûlés et le corps meurtri par les contusions reçues dans diverses chutes. La mer était jonchée de débris charbonnés. Enfin, j'arrive près du vapeur. Quel spectacle! cinq cents personnes environ criant de les sauver, en me tendant les bras et poussant des cris à fendre le cœur. Je mis en panne, et expédiai de suite mes deux embarcations, commandées, l'une, par M. Nivert, et l'autre, par M. Bertaut. Ils se rendent à bord. Quel spectacle! Non, toute idée humaine ne pourrait se le figurer : un navire en feu dans l'intérieur, depuis l'avant jusqu'à l'arrière, et cinq cents personnes pendues le long de son bord à diverses cordes, attendant le salut inespéré; des familles cherchant à se réunir, et, pour y parvenir, se noyant impitoyablement, hommes, femmes et enfants. Les malheureux, voyant les embarcations s'approcher, se jetaient à la mer, et ne revenaient sur l'eau que cadavres. Atroce position! Ces messieurs, pour pouvoir diriger leurs embarcations sur ceux qui vivaient encore, étaient obligés de plonger les avirons au milieu des morts et des débris. Enfin, ma chère sœur, figure-toi une grappe de raisin dont chaque grain serait un être vivant, le pied fixé à une position élevée au-dessus de l'eau; le point d'appui manque, et tout tombe à la fois. Eh bien! trente ou quarante malheureux sont suspendus à la même corde, fixée sur la lisse du navire; le feu impitoyable la brûle, et ces 40 individus, ne faisant qu'un seul bloc, tombent dans l'Océan, pour ne revenir à la surface que cadavres. Et le plus navrant, c'était de ne pouvoir les sauver tous. Grâce au zèle infatigable de MM. Nivert, Bertaut et de l'équipage, on a fait quatre voyages, et chaque voyage m'apportait la douleur et la désolation. A 7 heures et demie du soir, une embarcation moitié coulée et chargée de 20 hommes, exténués de fatigue, est arrivée à bord; enfin, à 9 heures de la nuit, M. Bertaut terminait le dernier sauvetage. J'avais alors 67 malheureux, que nous avions pu réchapper de la mort. Voulant faire mon devoir d'humanité jusqu'au bout, je me suis tenu à petite toile toute la nuit. Le lendemain matin, 14 septembre, jour où je commence ma lettre, je suis venu de nouveau passer près du vapeur, qui brûle encore : un navire norwégien s'y trouvait avant moi; j'ignore s'il a sauvé quelqu'un, il me semble qu'il a dû en sauver bien peu. Ne voyant plus rien à sauver, je fais route sur les Açores, où je vais les déposer. Sur les 67 personnes, j'ai six femmes, presque toutes jeunes, qui me sont venues, dans quel état, mon Dieu! tout le corps boursouflé de brûlures; les mains, la figure, enfin tout n'est qu'une plaie. Cinq hommes sont dans le même état. Je t'écris au milieu des gémissements de tous ces malheureux, qui me regardent comme leur providence; je ne puis faire un pas, sans qu'ils me témoignent leur reconnaissance.

Je viens de finir le pansement; il était temps, le cœur semblait me faillir, à la vue de tant de souffrances. Enfin, ils sont à bord, et rien ne me coûtera pour adoucir leurs maux et pour qu'ils puissent oublier leurs malheurs, si c'est possible. Dans ce tourbillon de cinq cents personnes se débattant entre la vie et la mort, dans ces massifs de corps humains qui s'engouffraient dans l'Océan, on est parvenu à sauver trois petits mousses, plus petits que le mien ; pauvres petits êtres, qui commencent par où l'homme devrait finir!

Ce soir, j'ai rencontré un trois-mâts anglais, le *Lotus,* qui se rend à Halifax : un colonel anglais et 11 naufragés sont allés à bord ; je n'ai donc plus que 55 personnes au moment où je t'écris. Dieu veuille terminer cette œuvre de salut que j'ai commencée !

Ce navire à vapeur s'appelle l'*Austria,* de Hambourg ; il avait à bord, tant équipage que passagers, 550 personnes. Ainsi donc, je compte encore 483 personnes de perdues, et de quelle mort, mon Dieu ! (1)

Bonne sœur, nous sommes aujourd'hui le 15 septembre. Ce matin, après avoir pansé les malades, j'étais rendu ; le cœur se brisait, mais la conscience que j'avais de mon devoir m'a fait prendre le dessus. J'ai encore eu ce bonheur. Ce soir, le temps s'est mis à la pluie, grande brise et grosse mer. Ces malheureux sont peu vêtus ; il sont sur le pont mouillé du navire, abrités par des voiles que j'ai installées du mieux possible. Pauvres gens ! Ce n'est pas assez de la souffrance primitive, il faut encore souffrir davantage. Ce qui me peine le plus, c'est de ne pouvoir y remédier. Je suis obligé, comme tu le penses, de faire une minutieuse distribution des vivres. Eh bien ! le cœur me saigne quand je vois ces malheureux venir chercher cette ration à peine suffisante, et qui s'en vont en me bénissant du cœur. Mais, tu dois le penser, ma sœur, la vie de tous est entre mes mains, et nous sommes 67 personnes, compris mon équipage, au milieu de l'Océan, sans connaître le terme de notre voyage. Dieu veuille qu'il soit court ; car nous voici au 16 septembre, et depuis le 13 je suis sur pied, sans avoir fermé l'œil un instant. Toute mesure de prudence est prise : avec les ressources que j'ai, je puis tenir un mois la mer.

Aujourd'hui, 17 septembre, notre position est la même. Une petite scène vient de se passer sous mes yeux, elle est déchirante ; la voici : M. Bertaut voulant sauver une femme qui était sur l'eau, la pantoufle

(1) Le capitaine Renaud ignorait alors que le navire norwégien la *Catharina* avait sauvé 22 personnes, ce qui réduit le chiffre des naufragés perdus à 461.

de celle-ci lui resta à la main, et tomba dans le canot. M. Bertaut, s'apercevant que cette femme était morte, courut chercher d'autres personnes. Cette pantoufle a été trouvée, dans le canot, par un homme naufragé ; il me la montra. Je lui fis comprendre d'où elle venait, quand le frère de la femme morte, qui se trouvait là, l'aperçut. Sitôt qu'il eut reconnu cette dépouille de sa sœur, il la saisit, l'embrassa, et pleurait à chaudes larmes ; il a placé cette pantoufle sur son cœur, elle ne l'abandonne plus.

Enfin, ma bonne sœur, il est impossible de décrire toutes les petites parties de cet abominable drame. Dans ma traversée de Bourbon, je pourrai t'en donner un détail plus clair ; car maintenant je ne sais plus comment j'existe. Au moment où j'écris ces mots, je suis à 35 lieues de Flores ; puisse le ciel m'y conduire demain !

Tu peux dire à ma mère de me faire faire, à l'avance, des gilets de flanelle et des chemises. Je n'en ai plus, je les ai donnés pour vêtir ces infortunés.

Voici comment le temps se passe à bord : le matin, à six heures, je commence le pansement des malades, jusqu'à neuf heures. A neuf heures, je distribue la ration de biscuits, et je donne un peu de vin et de poisson à tout le monde. Je prends mon observation du matin à neuf heures et demie ; je déjeune à la chambre avec les six dames, quatre officiers et trois hommes malades. A dix heures, je vais sur le pont faire ma ronde, pour m'assurer que tout est en ordre, que les tentes sont bien installées ; enfin, une inspection. 11 heures et demie arrivent, j'observe ; à midi, je fais mes calculs ; à une heure, je repose un peu ; à trois heures, je distribue les vivres comme le matin ; à quatre heures, nous dînons à la chambre, jusqu'à cinq heures. A six heures, je panse les malades, jusqu'à neuf heures. De là jusqu'au matin, je me promène ; je monte sur la dunette, je redescends sur le pont, dans la chambre ; enfin, je veille partout, et si toutefois je dors, c'est assis sur un banc, la tête sur la table. Ma cabane est occupée par le directeur de la Société philharmonique de New-York.

Tel est, ma bonne sœur, l'emploi de mon temps ; tu vois qu'il est bien occupé. Les vents me sont meilleurs pendant que je t'écris ; j'espère arriver demain à Flores.

Je n'ai pas pu mouiller à Flores ; mais, aujourd'hui, 19 septembre, neuf heures du matin, je mouille sain et sauf sur la rade de

Horta; et je termine ma lettre en t'embrassant du cœur, comme je t'aime.

Ton frère et ami,

Ernest Renaud.

Lettre a M. Armand Guéraud.

Pilleux, le 20 mai 1859.

Mon cher Armand,

Tu me demandes des détails sur la manière dont le feu a pris à bord du steamer l'*Austria*. Voici tout ce que j'ai pu recueillir des passagers que j'ai transportés à Fayal.

Le médecin ayant jugé nécessaire de sanifier la partie du navire occupée par les passagers de 3e classe, on chargea de ce soin le bootsman (maître d'équipage), qui, à cet effet, mit dans un vase une certaine quantité de goudron; puis, ayant fait rougir un fer à la cuisine, il l'y plongea, afin de faire dégager une vapeur épaisse pour purifier ces lieux malsains. Mais, soit que le roulis ait fait chavirer le vase, soit qu'il ait éclaté de lui-même, toujours est-il que tout à coup on vit le goudron courir sur le pont en serpentant, et formant autant de petits ruisseaux enflammés. De prime abord, aux cris : Au feu! qui se firent entendre, la panique fut générale, et les premiers sur les lieux jetèrent sans ordre de l'eau sur le goudron, qui, par ce moyen, n'eut que plus de facilité à se répandre partout et à propager l'incendie. Donc, en moins de temps qu'il n'en faut pour le dire, le feu fit de rapides progrès, qui ne purent être arrêtés, par suite du tumulte général. En vain le capitaine veut-il commander et se faire obéir; peine inutile! l'effroi général est tel, que tous cherchent leur salut en courant çà et là, comme un troupeau égaré et qu'un danger imminent menace. Pendant cette panique, où tout le monde est plongé, on ne voit pas le terrible drame qui s'apprête, et qui va engloutir presque en totalité et l'*Austria* et son équipage.

Crois, mon cher Armand, à l'affection sincère de ton parent et ami,

E. Renaud.

COMPAGNIE DES STEAMERS-PACKETS HAMBOURGEOIS-AMÉRICAINS.

Hamburg, ce 22 novembre 1858.

A Mr A.-P.-E. RENAUD, capitaine du brick français Maurice, *de Nantes.*

MONSIEUR,

Vous avez été témoin de la terrible catastrophe qui a frappé notre beau bateau à vapeur *Austria* au milieu de l'Océan; mais non pas témoin passif, comme d'autres qui suivaient leur route sans se soucier de la destruction de vies humaines qui s'accomplissait près d'eux, et sans songer ainsi un moment à remplir le premier devoir d'un brave marin. Mais vous, au contraire, vous êtes accouru de suite, sauvant par vos nobles efforts un nombre de malheureux qui de tous les côtés étaient menacés d'une mort certaine et terrible, et, après les avoir sauvés, vous avez soigné les malades, les blessés d'une manière touchante; enfin, vous avez fait tout ce qui dépendait de vous pour rendre les malheureux à leur aise autant que possible.

Nous savons tout ceci par les récits des sauvés, qui vous ont quitté tous avec des vœux de bénédiction.

Veuillez nous permettre maintenant d'ajouter à ces sentiments l'expression de notre vive gratitude pour les secours désintéressés que vous avez portés à nos malheureux naufragés, et — quoique nous savons bien que la conscience d'une belle action est toujours la meilleure récompense — de vous présenter en même temps un souvenir visible de notre haute estime et de notre reconnaissance permanente (1).

Messieurs vos armateurs, qui vous présenteront cette lettre, vous

---

(1) Un service d'argenterie, composé d'une théière, d'une cafetière, d'un pot au lait, d'un sucrier et d'un plateau d'argent, portant l'inscription suivante :

Dem capitain Ernest-Achard-Philippe Renaud, von der franzosichen bark Maurice, in anerkennung Seiner edeln bemühungen um Rettung von Passagieren und Mannschaft des am 15 september 1858 auf offener See durch feuer Zerstorten Hamburger dampfschiffs Austria die dankbare Kamb Amerik Packetfahrt actien Gesellschaff.

Traduction. — Offert au capitaine Ernest-Achard-Philippe Renaud, du navire français barque *Maurice*, par la Compagnie des steamers hambourgeois-américains, en récompense de ses nobles efforts pour avoir sauvé, le 13 septembre 1858, l'équipage et les passagers du steamer *Austria*, incendié à la mer.

remettront en même temps deux petits souvenirs [1] de notre part, pour vos braves officiers, M. Nivert et M. Bertaut, ainsi que 600 fr. en espèces, lesquels nous vous prions de vouloir distribuer parmi le reste de votre équipage, selon leur mérite et selon que vous le jugerez convenable.

Agréez, Monsieur, l'assurance de notre haute considération et de nos sentiments distingués.

Les Directeurs,

Adolph GODEFFROI, Président.

Pour l'agent général, W.-C. HUD POLL.

MINISTÈRE DE LA MARINE.

Paris, 14 décembre 1858.

MONSIEUR,

J'ai l'honneur de vous transmettre ci-jointe, au nom du Ministre, par suite de la dépêche du 7 de ce mois, n° 3035, une lettre de M. le Ministre des affaires étrangères, à laquelle sont annexées des copies de celles qui lui ont été adressées par le Ministre de l'Empereur à Hambourg, et le représentant des Villes Libres à Paris, relativement aux récompenses accordées par le Sénat de Hambourg au capitaine et à l'équipage du navire le *Maurice*, pour le sauvetage d'une partie des marins et des passagers du steamer *Austria*.

Le Ministre vous prie de vouloir bien communiquer ces pièces aux intéressés, et de les lui renvoyer ensuite.

ROUFFIS.

A M. le Commissaire général chef du service de la marine à Nantes.

LÉGATION DES VILLES LIBRES.

Paris, le 16 novembre 1858.

MONSIEUR LE COMTE,

J'ai reçu, avec la lettre que V. E. m'a fait l'honneur de m'adresser

---

(1) Deux montres-chronomètres d'or.

en date d'hier, la copie du rapport dans lequel le sieur Renaud, capitaine du navire français le *Maurice,* de Nantes, a rendu compte du sauvetage de différentes personnes échappées à l'incendie du steamer hambourgeois l'*Austria,* et que le capitaine Renaud a recueillies à son bord.

En lui exprimant ma reconnaissance pour cette communication, que je ne manquerai pas de porter à la connaissance du Sénat de Hambourg, j'ai l'honneur de faire observer à V. E. que le Sénat, sur le rapport qui lui avait été adressé sur ce sauvetage, qui fait tant d'honneur à la marine française, et plein d'admiration pour la conduite aussi héroïquement courageuse que noble et désintéressée du capitaine Renaud, de ses officiers et de tout son équipage, s'était empressé, comme le *Moniteur* du 19 de ce mois l'a rapporté dans un article daté de Hambourg du 15, de conférer la grande médaille d'honneur en or (qui n'avait encore été conférée par le Sénat qu'une seule fois) au capitaine Renaud (1), et des médailles en argent à ses officiers, et a alloué la somme de 3000 marcs de banque (2) à distribuer entre le capitaine, les officiers et l'équipage.

J'aurai très-incessamment à réclamer la bienveillante entremise de V. E., pour faire parvenir ces médailles et cette somme d'argent à leur destination.

Agréez, M., etc.

V. RUMPFF.

A S. E. M. le Ministre des affaires étrangères.

---

(1) Cette médaille, instituée pour des circonstances exceptionnelles et pour des services éminents, se porte en sautoir, comme la croix de commandeur de la Légion d'honneur. Elle a 5 centimètres 3 millimètres de diamètre, et présente, d'un côté, une tête couronnée d'une tour crénelée, et, de l'autre, les armes de Hambourg, à la partie inférieure d'une couronne dans laquelle est gravée l'inscription suivante :

DEM
CAPITAIN
E.-A. RENAUD
D. EDLEN RETTER
V. 67 PASSAGIEREN
DER AUSTRIA
DER SENAT
VON HAMBURG
AM 3 NOVBR.
1858.

(2) Le marc-banque vaut 1 fr. 87 c. — Mille marcs pour le capitaine et deux mille pour les officiers et le reste de l'équipage. (Voir, page 24, la lettre de M. V. Rumpff, du 3 décembre 1858.)

Ministère des Affaires étrangères.

Paris, 8 décembre 1858.

Monsieur l'amiral et cher collègue,

Le Ministre de l'Empereur à Hambourg vient de m'adresser, sur l'effet produit dans cette ville par les récompenses accordées par le Sénat aux sauveteurs des passagers de l'*Austria*, des détails qui m'ont paru de nature à intéresser votre département.

J'ai, en conséquence, l'honneur de vous transmettre ci-joint un extrait de la lettre de M. Cintrat qui contient ces informations, ainsi que la copie d'une autre lettre sur le même sujet qui vient de m'être adressée par le Ministre des Villes Libres à Paris.

Agréez, monsieur l'amiral et cher collègue, les assurances de ma haute considération.

Pour le Ministre et par autorisation;

Le Directeur Ministre plénipotentiaire de 1re classe,

Cte de Hussep.

A S. E. M. le Ministre de la marine.

Hambourg, 15 novembre 1858.

Monsieur le comte,

C'est avec une vive satisfaction qu'on a recueilli ici la nouvelle des récompenses accordées par le Sénat au capitaine Ernest Renaud, du trois-mâts le *Maurice*, de Nantes, et au sieur Funnemarck, capitaine du navire norwégien la *Catharina*, pour sauvetage de 67 et 22 passagers et marins du vapeur incendié l'*Austria*. Les commandants ont obtenu la grande médaille d'honneur en or, et les seconds capitaines celle en argent. Une gratification de 1000 marcs banco pour les sieurs Renaud et Funnemarck, et de 2000 marcs pour chacun des équipages, complètent ces marques de reconnaissance.

Une légitime impatience s'était emparée du public et de la presse, qui ne pouvaient comprendre que l'autorité supérieure mît tant de lenteurs à rémunérer des services aussi signalés : on ne cessait de citer l'exemple de l'Angleterre, dont le gouvernement avait envoyé sans délai, pour un seul de ses sujets sauvés, la médaille d'or à notre brave Renaud; et l'on faisait un reproche au Sénat de s'être ainsi laissé prendre l'initiative. Aussi s'est-il hâté, aussitôt qu'il s'est trouvé en mesure, d'annoncer officiellement l'expédition des dons hambourgeois. Cependant l'on ne cesse de réclamer en faveur du sieur Renaud une récompense nationale particulière, qui puisse lui rappeler en tout temps les sympathies que lui a acquises à Hambourg son admirable conduite.

Agréez, etc.

CINTRAT.

A S. E. M. le Ministre des affaires étrangères.

LÉGATION DES VILLES LIBRES.

Paris, 3 décembre 1858.

MONSIEUR LE COMTE,

J'ai l'honneur, par ordre du Sénat de Hambourg, de réclamer, en me référant à ma lettre du 26 du mois passé, les bons offices de V. E., et de la prier de vouloir bien faire parvenir à leur destination les médailles d'honneur et les présents en argent conférés par le Sénat au capitaine Renaud, du navire français le *Maurice*, de Nantes, à ses officiers et à son équipage, pour leur conduite au-dessus de tout éloge en sauvant, le 13 septembre dernier, 67 personnes échappées à l'incendie du steamer hambourgeois l'*Austria*, et en les recueillant à bord du *Maurice*.

La grande médaille d'honneur en or, avec la somme de 1000 marcs de banque équivalant à 1875 francs, est destinée au capitaine Renaud; les deux médailles en argent, à ses officiers; et la somme de 2000 marcs de banque, équivalant à 3750 francs, est destinée à être distribuée par M. le capitaine Renaud entre ses officiers et son équipage. J'ai l'honneur de joindre sous ce pli ces différents objets; savoir, les trois médailles et la somme de 5625 francs.

Il m'est agréable de pouvoir ajouter que la noble et courageuse conduite du capitaine Renaud et de son équipage a été si bien appréciée à Hambourg, que non-seulement la compagnie Hambourgo-Américaine de navigation à vapeur a présenté au capitaine Renaud comme marque de sa reconnaissance une vaisselle d'argent, mais qu'il s'est formé, en outre, un comité pour offrir par souscription, au capitaine et à son équipage, un témoignage d'admiration pour cet acte éclatant d'humanité et de bravoure [1].

Agréez, M., etc.

V. RUMPFF.

A S. E. M. le Ministre des affaires étrangères.

MINISTÈRE DE LA MARINE.

Paris, le 24 décembre 1858.

MONSIEUR,

S. E. le Ministre des affaires étrangères m'a transmis :

1° Une médaille d'honneur en or destinée au capitaine Renaud, commandant le *Maurice ;*

2° Deux médailles d'argent destinées aux sieurs Nivert et Bertaut, officiers à bord de ce bâtiment ;

3° Une somme de 5625 francs, dont 1875 (1000 marcs de banque) pour le capitaine Renaud et 3750 (2000 marcs de banque) pour son équipage.

Vous trouverez ci-jointe la lettre du Ministre résident des Villes Libres à Paris faisant envoi de ces récompenses, qui sont offertes au capitaine et à l'équipage du *Maurice* par le Sénat de Hambourg, en reconnaissance du dévouement dont ils ont fait preuve envers les

---

(1) La *Boersenhall*, journal de Hambourg, avait publié, dans son n° du 29 novembre 1858, l'avis suivant :

« Les soussignés se sont réunis à l'effet de faire un cadeau d'honneur au brave capitaine E.-A. Renaud, du navire français *Maurice*, de Nantes, armateurs MM. Le Boterf et Greslé, et au brave capitaine C.-A. Funnemark, commandant le navire norwégien *Catharina*, pour leur noble sauvetage d'une partie des passagers et de l'équipage du navire hambourgeois *Austria*, incendié en mer. Ils invitent, par conséquent, les habitants de Hambourg et tous leurs concitoyens mus par un sentiment de reconnaissance de vouloir bien s'adjoindre à eux.

« Les dons volontaires seront reçus, en compte-courant ou en espèces, par les maisons de banque ci-après : MM. Aug.-Jos. Schoen et comp., Noelting et Reimers.

« Hambourg, novembre 1858.

« Aug.-Jos. SCHOEN et comp., August BOLTEN, H.-J. MERCK et comp., Sal. HEINE, NOELTING et REIMERS, Johannes GREVE et comp., J.-Henry SCHROEDER et comp., Rob.-M. SLAWAN, F.-W. SCHMIDT (de la Nouvelle-Orléans), Ad.-Jac. STERTZ et fils, Ad. ALEXANDER et comp., Peter SIEMSEN et comp. »

marins et passagers arrachés à la mort affreuse dont les menaçait l'incendie survenu à bord du steamer l'*Austria.*

Vous voudrez bien faire parvenir à qui de droit les médailles ci-dessus indiquées, ainsi que celle en or également décernée au capitaine Renaud par le gouvernement anglais. Quant à la somme de 5625 francs, elle a déjà été envoyée à Nantes par le compte courant, pour être versée au service local des gens de mer, comme l'indiquait une note ajoutée au virement.

Vous aurez à ordonner la répartition de cette somme suivant les conditions déterminées par les donateurs, et conformément aux propositions que le capitaine Renaud devra soumettre au commissaire de l'inscription maritime à Nantes.

Vous trouverez également ci-annexée une lettre de M. l'Ambassadeur de S. M. britannique à Paris, relative à l'envoi de la médaille anglaise.

Vous voudrez bien communiquer les deux lettres ci-jointes au capitaine Renaud, et me les renvoyer ultérieurement.

Je vous prie, d'ailleurs, de m'accuser réception des objets dont l'envoi est annoncé par la présente dépêche.

ROUFFIS.

A M. le Commissaire général chef du service de la marine à Nantes.

MINISTÈRE DE LA MARINE.

Paris, le 24 décembre 1858.

MONSIEUR,

J'ai l'honneur de vous transmettre ci-jointe, au nom du Ministre, une lettre par laquelle M. le Ministre résident des Villes Libres à Paris a transmis à S. E. une adresse votée par la Société patriotique de Hambourg au capitaine E. Renaud, du navire le *Maurice,* à l'occasion du dévouement dont il a fait preuve envers les marins et passagers de l'*Austria* qu'il a recueillis à bord.

Le Ministre vous prie de vouloir bien faire parvenir au destinataire l'adresse dont il s'agit, que vous trouverez également ci-annexée, et de lui renvoyer la lettre de M. W. Rumpff, après l'avoir communiquée au capitaine Renaud.

ROUFFIS.

A M. le Commissaire général chef du service de la marine à Nantes.

LÉGATION DES VILLES LIBRES.

Paris, le 15 décembre 1858.

MONSIEUR L'AMIRAL,

La belle conduite du capitaine Renaud, commandant le trois-mâts français le *Maurice*, de Nantes, et de son équipage, en sauvant, le 14 septembre dernier, une partie de l'équipage et des passagers du steamer incendié *Austria*, de Hambourg, a non-seulement engagé le Sénat de Hambourg à conférer au capitaine Renaud et à son équipage, comme témoignage de sa reconnaissance, des médailles d'honneur, accompagnées de la somme de 3000 marcs de banque que j'ai l'honneur de transmettre à M. le Ministre des affaires étrangères, mais cette belle conduite a été aussi dûment appréciée par toutes les classes de la population de Hambourg.

L'ancienne *Société patriotique* de Hambourg, fondée pour l'encouragement de l'industrie et des arts, et de tout ce qui a trait à la philanthropie, vient de voter, de son côté, une adresse au capitaine Renaud, à l'occasion de cet acte remarquable d'intrépidité et d'un noble dévouement. Cette adresse ayant été confiée à mes mains, je prends la liberté de recourir à la bienveillante entremise de Votre Excellence, en la priant de vouloir bien faire parvenir à sa destination l'adresse que j'ai l'honneur de joindre à cette lettre.

Je profite avec plaisir de cette occasion, pour vous renouveler, Monsieur l'amiral, l'hommage des sentiments de la plus haute considération avec laquelle j'ai l'honneur d'être,

de Votre Excellence,

Le très-humble et très-obéissant serviteur.

Le Ministre résident des Villes Libres,

V. RUMPFF.

A Son Excellence Monsieur l'amiral Hamelin, Sénateur, Ministre secrétaire d'État au département de la marine.

EMOLUMENTO PUBLICO.

La Société hambourgeoise pour l'encouragement des Beaux-Arts et des Métiers utiles.

A Monsieur Ernest Renaud, capitaine du navire français Maurice, *de Nantes.*

Monsieur,

La Société hambourgeoise pour l'encouragement des Beaux-Arts et des Métiers utiles — qui existe depuis bientôt un siècle, composée de membres de toutes les classes de notre ville, — dès sa fondation ne s'est pas bornée aux travaux indiqués par son nom, mais s'est appliquée en même temps à plusieurs autres causes de l'humanité; et principalement elle s'est fait toujours un devoir de reconnaître publiquement les cas de sauvetages de naufragés, qui ont eu lieu sur nos côtes, ou qui intéressent notre place d'une manière spéciale.

Parmi les désastres de mer que la Société a eus à enregistrer, jamais aucun n'a été plus affreux que celui qui frappa, le 13 septembre passé, pendant un voyage de notre port à New-York, le paquebot à vapeur hambourgeois l'*Austria;* désastre par lequel des centaines de voyageurs, venant de presque tous les pays de l'Europe, se sont vus attaqués tout à coup par la force effrénée d'un élément impitoyable, et, au lieu de l'avenir heureux qu'ils attendaient, n'ont trouvé après les plus cruelles angoisses qu'une tombe commune.

Mais aussi jamais en pareille occasion la Société n'a eu la satisfaction de rencontrer des secours portés avec une promptitude, une circonspection et une persévérance semblables à celles avec lesquelles, vous, Monsieur, et les braves marins de votre navire, vous vous êtes empressés d'arracher à cette catastrophe terrible autant de victimes que possible.

Non-seulement, dès que l'*Austria* en flammes a frappé votre vue, vous avez interrompu votre voyage et dirigé votre bâtiment vers la scène du plus sinistre des accidents; — non-seulement, arrivés sur cette place, pendant de longues heures, vous et vos gens, vous avez combattu avec l'Océan, et vous avez réussi ainsi à sauver soixante-sept des pauvres passagers, qui pendant quelque temps se croyaient déjà tous voués à la même mort; — non-seulement vous avez partagé votre pain avec ces étrangers; — mais, digne émule du pieux Samaritain de l'Évangile, vous leur avez prodigué encore tout autre service qui se trouvait en votre pouvoir. Vous vous êtes empressé de leur céder votre cabine, votre lit, vos vêtements; vous ne vous êtes pas lassé de panser leurs blessures; vous leur avez sacrifié tous les moments que vos devoirs comme capitaine vous laissaient libres; — en un mot, à la forte et efficace protection d'un père, vous avez joint les plus tendres soins d'une mère.

C'est en considération de ces faits — constatés par les dépositions conformes de tous ceux des membres de l'équipage de l'*Austria* qui, grâce à vous, ont pu retourner à Hambourg, — c'est en considération de ces faits que la Société, dans sa séance du 21 octobre, à l'unanimité, a chargé les soussignés de vous témoigner sans délai, tant en son propre nom qu'au nom de tous ses concitoyens, desquels la Société est sûre d'être le fidèle organe, la vive et profonde reconnaissance et les plus sincères remerciements des efforts incomparables que vous avez faits pendant bien des jours dans l'intérêt des pauvres affligés de l'*Austria,* efforts sans lesquels le nombre des familles qui par cet accident se voient dépouillées de leurs membres les plus chers, aurait été augmenté encore très-considérablement.

Agréez donc, Monsieur, l'expression de la vénération de laquelle la Société est remplie pour vous, ainsi que pour les braves officiers et matelots du *Maurice,* et que ces lignes vous rappellent quelquefois qu'à Hambourg, dans des milliers de cœurs, le souvenir de vos belles et nobles actions ne sera jamais effacé, et que d'ardentes prières y montent au ciel, pour que le Tout-Puissant veuille vous récompenser de votre charité déjà ici-bas par une longue vie et une mort bienheureuse.

Le Comité de la Société hambourgeoise pour l'encouragement des Beaux-Arts et des Métiers utiles,

H.-J. Muller, pasteur à l'église de Ste-Catherine, ancien.
A. Abendroth, Dr, ancien.
Conrad-A. Auffonbrotz, ancien.
J.-Heinr. Ludolff, ancien.
W. Kramer, A., ancien.
G.-E.-L. Meyer, ancien.
G. De Chapeauroosge, Dr, secrétaire-protocoliste.
G.-E. Nolte, secrétaire-président.

Adresse du Commerce de Hambourg.

Hambourg, en janvier 1859.

Monsieur le Capitaine,

L'écho du déplorable désastre de l'*Austria* ne pouvait, dans son cours à travers toutes les parties civilisées du globe, que jeter un épais voile de deuil sur tous les cœurs; mais, en même temps, la mention d'un nom désormais inséparable de ce triste souvenir, est venue mêler aux cris de détresse ceux des acclamations unanimes, et abreuver de douces larmes de joie des cœurs déjà envahis par un sombre désespoir.

Ce nom, Monsieur le Capitaine, est le vôtre! L'acte d'humanité et de noble désintéressement dont vous avez fait preuve en secourant les pauvres naufragés et en leur prodiguant ensuite des soins vraiment paternels, vous ont déjà valu, outre l'auguste approbation de votre grand Souverain, des signes d'une vive reconnaissance de la part du Sénat de notre ville et de la Compagnie de vapeurs américaine.

Le commerce de cette ville n'a pas non plus voulu être en retard, pour vous témoigner ses sentiments de profonde estime, et c'est en son nom que nous avons l'honneur de vous adresser et de vous prier d'accepter le don ci-joint (1), auquel ont contribué spontanément de notables armateurs et négociants, ainsi que d'autres de nos concitoyens.

Nous sommes heureux d'être auprès de vous les interprètes de la reconnaissance que vous porte la population de notre ville, en applaudissant hautement à votre œuvre généreuse et en vous souhaitant tout le bonheur que vous avez si dignement mérité.

Recevez, Monsieur le Capitaine, l'assurance de notre considération distinguée.

Aug.-Jos. Schön et comp., Aug. Bolten, H.-J. Merck et comp., Salomon Heine, Nölting et Reimers, Jean Greve et comp., J.-Henry Schröder et comp., Rob.-M. Slawan, F.-W. Schmidt (de la Nouvelle-Orléans), Ad.-Jac. Stertz et fils, Ad. Alexander et comp., Peter Siemsen et comp.

A Monsieur Ernest Renaud, capitaine du brick français Maurice.

---

(1) Don d'argent de 2450 fr.

AMBASSADE D'ANGLETERRE.

Paris, 6 décembre 1858.

MONSIEUR LE MINISTRE,

Votre Excellence a probablement remarqué dans les journaux, au commencement du mois d'octobre dernier, un récit de la destruction du paquebot à vapeur de Hambourg l'*Austria,* incendié en mer.

Quarante-quatre des passagers et dix hommes de l'équipage furent recueillis et conduits à Fayal par le capitaine Ernest Renaud, commandant le brick français *Maurice,* qui rencontra le navire incendié dans son voyage de Saint-Jean (1) à Terre-Neuve. Le capitaine Renaud paraît avoir déployé beaucoup de zèle et d'humanité dans ses efforts pour sauver les survivants de ce désastre; et comme il y avait certainement un sujet anglais parmi ceux qu'il sauva, et qu'il a pu s'en trouver d'autres parmi les passagers, le gouvernement de Sa Majesté a jugé bon de lui décerner la médaille d'or ci-annexée, comme une marque d'approbation de sa conduite.

J'ai, en conséquence, l'honneur, conformément aux instructions du comte de Malmesbury, de remettre cette médaille à Votre Excellence, avec prière de la faire parvenir au capitaine Renaud.

J'ai, etc.

COWLEY.

A Son Excellence comte Walewski.

MINISTÈRE DE LA MARINE.

Paris, le 10 décembre 1858.

L'Empereur, Monsieur, par un décret en date du 1er de ce mois, rendu sur ma proposition, a daigné vous nommer chevalier de l'ordre impérial de la Légion d'honneur, en récompense de la résolution et de l'humanité dont vous avez fait preuve dans le sauvetage d'une partie des marins et des passagers du steamer hambourgeois incendié *Austria* (2).

---

(1) Le navire partait du havre du Grand-Brehat, côte est de Terre-Neuve, et non de Saint-Jean.

(2) Par une décision du 1er décembre 1858, l'amiral ministre secrétaire d'État de

Je suis heureux, Monsieur, de vous annoncer cette haute distinction, que j'ai mis de l'intérêt à vous faire obtenir.

Recevez, Monsieur, l'assurance de ma considération distinguée.

L'amiral, Ministre secrétaire d'État de la marine,
HAMELIN.

A Monsieur Renaud, capitaine au long cours, inscrit à Nantes, n° 401.

ASSOCIATION DE BIENFAISANCE DE NEW-YORK POUR LA VIE-SAUVE.

New-York, le 29 décembre 1858.

Au Capitaine Ernest Renaud, commandant le navire français Maurice.

MONSIEUR,

Cette Association vous présente sa médaille d'or (1), pour vous témoigner son sentiment de votre humanité en sauvant un grand nombre de passagers du steamer *Austria*, incendié en mer pendant sa traversée pour ce port, en septembre dernier.

Puisse cette médaille accroître votre satisfaction d'avoir secouru tant de personnes, et sauvé un si grand nombre de vies, ajoutant aux exemples de courage et d'humanité donnés par vos collègues de mer.

---

la marine a décerné des médailles de 2e classe en or à MM. Nivert (Herman-Célestin-Isidore), second capitaine, et Bertaut (Ferdinand), lieutenant; et des médailles de 2e classe en argent à MM. Gendron (Louis-Mathurin), maître voilier; Hamon (Alphonse-Marie) et Mauvillain (Emmanuel), matelots. (*Moniteur* du 7 décembre 1858.)

(1) Cette médaille, de 5 centimètres de diamètre, porte, d'un côté, un navire en détresse, entouré de la légende suivante : LIFE SAVING BENEVOLENT ASSOCIATION OF NEW-YORK INC.d 29 Th MARCH 1849; et de l'autre côté, en légende : VITA FELICIBUS AUSIS SERVATA, et au centre :

Presented to
Ernest Renaud
master of the
french barque Maurice
for his taking off part
of those saved from
the burning
steamer Austria
at sea sep. 13th
A. D. 1858.

Vous avez ainsi servi la cause de l'humanité par l'influence de votre propre exemple.

J'ai l'honneur, etc.

Daniel Lord,
Vice-Président, agissant comme Président.

Darmstadt, le 6 janvier 1859.

Monsieur,

Son Altesse Royale le Grand-Duc de Hesse, mon auguste Souverain, toujours disposé à rechercher le vrai mérite et à reconnaître les services rendus à ses sujets, a hautement apprécié le courage plein d'humanité et de dévouement que vous avez déployé lors de l'incendie du pyroscaphe hambourgeois l'*Austria*, en sauvant d'une mort inévitable et recueillant à bord de votre navire un grand nombre des malheureux passagers, parmi lesquels se trouvaient plusieurs sujets de Son Altesse Royale.

Le Grand-Duc, voulant vous donner une marque particulière d'estime et de bienveillance, a daigné, sur ma proposition, vous nommer chevalier de son ordre de mérite de Philippe le Magnanime (1).

En vous transmettant ci-joint les insignes de votre grade et me réservant de vous en envoyer plus tard le brevet, je suis heureux, Monsieur, de pouvoir être auprès d'un officier distingué de la marine française l'interprète des gracieuses dispositions de Son Altesse Royale.

Veuillez agréer, Monsieur, avec mes félicitations empressées, l'assurance de ma parfaite considération.

Le Ministre de la Maison grand-ducale
et des affaires étrangères,
Baron de Dalwigk.

Légation de Prusse en France.

Paris, le 25 avril 1859.

Monsieur,

J'ai l'honneur de vous informer que Son Altesse Royale le Prince-

---

(1) Par décret du 21 décembre 1858. — A la mort du titulaire, la croix doit être rendue au chancelier de l'ordre grand-ducal de Hesse.

Régent a daigné vous conférer l'ordre royal de l'Aigle rouge, 4e classe, de Prusse, en reconnaissance des services rendus par vous à l'occasion du sauvetage du bateau à vapeur hambourgeois *Austria,* à bord duquel se trouvaient plusieurs sujets prussiens.

En vous transmettant ci-joint, Monsieur, les insignes de cet ordre royal, je vous prie de vouloir bien m'en accuser réception et me renvoyer en même temps le tableau également ci-annexé, après y avoir inscrit les indications nécessaires pour l'expédition de votre brevet.

Veuillez recevoir, Monsieur, l'assurance de ma considération la plus distinguée.

Le Ministre de Prusse,
N. Pertalec.

A M. Ernest Renaud, capitaine du navire français Maurice.

Vice-Consulat de France a Kœnigsberg.

Kœnigsberg en Prusse, le 14 mars 1859.

Capitaine,

Madame Burchard, née Glaubensklee, dont le frère s'est trouvé du nombre de ceux qui ont été sauvés par vous lors du sinistre de l'*Austria,* désirant vous faire agréer un témoignage de sa reconnaissance (1), m'a consulté sur la meilleure manière de vous le faire parvenir. Je me suis empressé de m'en charger.

Mais comme il serait possible que de nouveau vous fussiez absent de Nantes, et comme je ne connais pas l'adresse de votre honorable famille, au lieu donc de vous l'adresser directement, j'ai recours à l'obligeant intermédiaire de S. Ex. M. le Ministre des affaires étrangères, en le priant de vouloir bien choisir le moyen qui lui semblera convenable pour la transmission définitive du présent envoi de la dame Burchard.

Il me paraît très-désirable, capitaine, quand ledit envoi vous sera parvenu, de recevoir de vous un mot en signe d'accusé de réception.

Je me suis d'autant plus volontiers chargé de la commission de Mme Burchard, qu'elle me fournit l'occasion de vous dire, capitaine,

(1) Un buvard en cuir de Russie, avec ornements en relief, et contenant un bouquet peint à l'aquarelle, dont la description se trouve dans la lettre suivante.

que votre belle conduite a rencontré aussi dans ces contrées une admiration unanime; et je regarde comme une bien douce satisfaction, au double titre de compatriote et d'agent français, de pouvoir constater les témoignages honorables rendus à votre nom, et d'y joindre, en ce qui me concerne personnellement, l'expression de l'estime et de l'admiration que j'éprouve à votre égard.

Recevez, capitaine, l'assurance de ma considération très-distinguée.

Charles Dahse,
Vice-consul de France.

Monsieur,

Pardonnez que nous prenons la liberté de Vous adresser ces lignes! En sauvant les passagers de l'*Austria*, vous avez remis à nous un frère bien-aimé, qui venait nous voir après avoir été onze ans à New-York. C'est autant impossible, Monsieur, de Vous peindre notre joie, en recevant la gazette qui le nommait entre les sauvés, comme c'est impossible d'expresser l'angoisse qui nous a tourmentées pendant les jours de l'incertitude. Vous l'avez sauvé, Monsieur, par votre générosité, votre preuveté, votre héroïsme. Sans votre secours, il serait devenu une victime des flammes ou de la mer! Ce n'est pas possible, de Vous remercier comme nous le voulions; mais veuillez accepter l'assurance qu'aucun jour se passe, sans que nos prières zélées s'élèvent pour Vous au Ciel, sans que nos bénissements ne Vous suivent dans vos courses. En vous adressant ce petit travail, il faut vous dire quelle idée a joint ces fleurs. Les premières lettres des noms des fleurs du bouquet signifient en allemand votre nom, Renaud, Monsieur; celles de la couronne, le nom Austria.

Le bouquet est composé des fleurs:

Rose,	rose.
Epheu,	lierre.
Narcisse,	narcisse.
Aurikel,	oreille d'ours.
Ulme,	orme.
Dalmatica,	dalmatica.

La couronne est composée des fleurs:

Apfelblüthe,	
Ulme,	orme.
Salvei,	sauge.
Thymian,	thym.
Rose,	rose.
Jasmin,	jasmin.
Azalie,	azalée.

Adieu, Monsieur! prenez l'assurance, qu'entre les cents cœurs qui Vous sont dévoués par votre fait héroïque, les nôtres ne sont pas les moins reconnaissants.

Nous restons vos affectionnées,
Albertine BURCHARD, née GLAUBENSKLEE.
Antoinette GLAUBENSKLEE.
Emma GLAUBENSKLEE.

Kieselkehmen, le 24 février 1859, per Gumbinnen (Prusse).

LETTRE DE M. THÉODORE EISFELD.

Newark. New-Jersey, 13 septembre 1859.

MON CHER CAPITAINE!

Le 13 septembre! C'est l'anniversaire de ce jour terrible, quand vous, mon bon Monsieur Renaud, m'avez sauvé la vie, en me tirant, presque mort, des eaux de l'Océan.

Aujourd'hui, il me semble un devoir sacré de diriger toutes mes pensées vers vous, en écrivant quelques lignes qui vous diront que le souvenir de votre inexprimable bonté pour moi, pendant que j'étais à bord de votre navire, ne mourra dans mon cœur reconnaissant qu'avec mon dernier souffle.

Si je n'étais pas un pauvre diable, j'aurais tâché de passer ce jour mémorable avec vous, mon capitaine, fût-ce à bord du *Maurice* ou à terre, en quelque part du monde!

Quand vous m'avez quitté à Fayal, je n'aurais pas cru être retenu là pour plus de six mois, et toujours très-malade. Grâce à vos bonnes recommandations, on a eu tant de bonté pour moi, que j'étais tenu comme un prince. Un nommé Becher, de la Nouvelle-Orléans, qui vous avait donné tant de peine avec ses brûlures horribles, n'avait quitté l'hôpital à Fayal qu'à la fin de décembre, tout à fait rétabli.

Je suis retourné à New-York au commencement d'avril, et si je voulais vous décrire ma réception flatteuse, vous pourriez me croire un hâbleur. On organisa immédiatement un grand concert pour célébrer mon retour, et j'ai été forcé de débiter un grand *speech* à l'audience, etc., etc.

J'ai passé l'été aux bains de mer, et ma santé est presque rétablie;

en quelques jours je retournerai à New-York, pour commencer ma saison musicale.

Adieu, mon très-cher capitaine ! Que le bon Dieu vous bénisse !

Comme les portraits de vos parents et de cet ange, votre sœur, me sont toujours présents, je vous prie de vouloir bien leur dire mille choses agréables et aimables de ma part.

Mes remercîments et mes respects à vos officiers et à l'équipage.

Tout à vous.

Théodore Eisfeld (1).

P.-S. Vous m'obligerez infiniment si vous voulez me faire savoir si ma lettre est arrivée à son adresse.

Liste des Naufragés sauvés et recueillis a bord du Maurice.

Officiers de l'Austria.

L. Hahn, premier officier, grade correspondant en France à celui de second ou de 2e capitaine.
B.-W. Heitmann, 2e officier.
J. Bernitt, 3e officier.
C. Michachi, bootsmann (maître d'équipage).
C. Plate, quatirmaester (quartier-maître).

Femmes sauvées.

Maria Friederich, de Prag.
Rosalia Itzig, de Lobsenz-Posen.
Bettig Ergwurm, de Lemberg-Lali.
Kalhorina Ginkel, de New-York.
Becca Bovendamn, de Schambick.
Finna Jenschild, de Sedorfun.

(1) Directeur de la Société philharmonique de New-York.

HOMMES SAUVÉS.

Franz Chismer, de New-York.
Charl Tras, de Chiers-Insperton of civil Breschat.
Théodore Eisfeld, de New-York.
Richard de Dunfeld, de Dresde.
Jean Polekrwska, de New-York.
David Cohn, de Breslaw.
Wilhelm Folker, de Liéchen.
Fried Reinlander, de Rh. P.
Jacob Rill, de Ragern.
Franz Litz, de Mainz.
Emil Sasse, de Engar.
Dort Scheck, de Coln.
Wilh Becker, de Solingen.
Joseph Wepfer, de Ellenville.
Carl Lemerknuk, de Brauwneig.
Leopold Fiteller, de Pochlow.
George Huhlmann, de Lincinati.
Fritz Thompson, de Cappeln.
Fidje Hohirloo, de Rulones-Mildins.
Edward Avindoph, de Stewart.
Fried Betke, de Lenzen.
Gust Wollussen, de Cappeln.
Philhiph Berry, de Hakensork.
Fried Stabner, de Preusnen.
Ferd Stabner, de Preusnen.
Heinrich Osbahz, de Bremenbek.
Carl Becker, de Blomberg.
Hermann Randet, de Sihweden.
Iwen Peterson, de Schweden.
Clauss Hogguist, de Schweden.
Olivier Pool, de Asmiant.
John Friebold, de Bremenbek.
Niclans Surgensen, de Matros.
Herman Richter, de Finge.
August Lass, de Cappeln.
Nicolaïn Jicks, de Hwendel.

Christian Buchholz, de Berzberg.
Samuel Hess, de Hotzesen.
Hein Herase, de Berlin.
Peter Wagner, de Worms.
Wulf Milhaw, de Worms.
Levy Rock, de Tudorf.
Samuel Pallack, de Rutden.
Philipp Müller, de Hamen.
Ernst Witte, de Moden.
Adolf Brinskel, de Mannheim.
Charles Wersfin, de Richmond.
Edward Winphmann, de Ligge.
Henry Smith, de Chelsea Mss.
John-F. Cox, de Boston.
Lyonwolf, de New-York.
Fridlieb Wagner, de Cassel.
F.-G. Glaubensklee, de New-York.
A. Wezin, de Philadelphie.
James Smith, de New-York.
Alexandre Vivz, de New-York.

Nantes, Imprimerie A^nd Guéraud et Cie, quai Cassard, 5.